AF315465

LES AMOURS GRENADIERS,

OU

LA GAGEURE ANGLOISE.

PETITE PIECE EN UN ACTE

SUR LA PRISE DE PORT-MAHON.

Représentée pour la premiere fois sur le Théâtre de la Foire S. Laurent, le 9 Septembre 1756.

Le prix est de 24 sols.

A PARIS,

Chez RUAULT, Libraire, rue de la Harpe.

M. DCC. LXXVIII.

ACTEURS.

VENTRE A TERRE , Soldat & Grenadier François ; Amant de Lisette.

BELLEROSE , Grenadier François , Amant de Tonton.

BLAISE , Paysan habitant de l'Isle.

LISETTE , Bergere, fille de Blaise.

TONTON , Bergere , niece de Blaise.

BRIDING , Anglois , domicilié dans l'Isle.

La Scène est à Minorque , à quelque distance du Fort.

LES AMOURS GRENADIERS,

PETITE PIECE

EN UN ACTE.

SCENE PREMIERE.

TONTON, LISETTE.

TONTON.

Air. *Voici les Soldats qui viennent.*

Voici des foldats qui viennent,
Hélas ! fauvons-nous ;
Je tremble qu'ils ne nous prennent,
Ils nous tueront s'ils nous tiennent ;
Ah ! fauvons-nous,
Ah ! fauvons-nous.

LISETTE.

Air. *Menuet de Coraline.*

D'où vient cette frayeur ?

TONTON.

Je me meurs.

LISETTE.

J'ai vû les ennemis,
Je frémis ;
Ils vont au Village
Tout mettre au pillage,

Je les vois,
Sauve-moi.

LISETTE.

Il vaut mieux les attendre ici.

TONTON.

Mal à propos tu badine.

LISETTE.

Sont-ils bien près ?

TONTON.

Quels font tes projets?
Fuyons.

LISETTE.

Mais,
As-tu peur, Coufine,
Avec des François ?

TONTON.

Air. *La Touriere.*

Depuis long-temps leur canon
Gronde fur notre rivage ;
Et l'Anglois dans Port-Mahon
A d'eux, pour toute raifon :
Bon, bon, bon, bon, bon, bon,
Du Fo t ils font une cage,
Bon, bon, bon, bon, bon, bon.
Leur chef eft un vrai démon.

LISETTE.

Je vois bien que tu ne les connois pas encore ; car
tu n'aurois pas peur de pareils démons.

Air. *Menuet d'Exaudé.*

Dans la paix
Un François
Qu'on attaque,
Sait ripofter vaillamment ;
Au feu, fon élément ;
Malheur à qui l'embarque.
Nul tranfport,
Nul effort
Ne l'arrête ;
Vouloir fufpendre fon bras,
C'eft vouloir fixer la
Tempête.
Mais au fortir de la guerre
Il n'effraye plus la terre ;
Son humeur,
Sa douceur
Nous enchante ;
C'eft un torrent écoulé,
Dont l'eau dans un verd pré
Serpente.
Le Guerrier

                    Du laurier
                    De Bellone,
        Va payer le don du cœur
        D'un aimable vainqueur
        Que bientôt l'on couronne.
                    C'eſt ainſi
                    Que conduit
                    Par la gloire,
        Le François à tour à tour;
        Avec Mars & l'Amour,
                    Victoire.

TONTON.

Sur le portrait que tu en fais, tu me donnes de la diſpoſition à ne les plus craindre.

        Air. *Nous ſommes précepteurs d'amour.*
        Je me ſens même aſſez cœur
        Pour attendre ici leur paſſage.

LISETTE.

        Quand ils viendront, je n'ai pas peur
        De te voir manquer de courage.

TONTON.

Mais comment as-tu fait pour ſavoir ſi bien les connoître ; car je t'ai vû en avoir peur, tout autant que moi, ſur le portrait que M. Briding, cet Anglois ton fiancé, nous en avoit fait?

LISETTE.

Bon, faut-il t'étonner qu'il en parle mal ; c'eſt pour punir les inſultes que les Anglois lui ont faites, que le Roi de France envoye une armée en cette Iſle ; mais ils content tout à leur avantage.

        Air. *Comment faire.*
        La langue eſt un meuble chéri,
        Dont l'Anglois ſait tirer parti ;
        Au bien, au mal il l'accomode,
        Pour ſe laver quand il a tort,
        Pour ſe vanger quand on le mord;
                    C'eſt ſa mode.

TONTON.

        Air. *Entre l'amour & la raiſon.*
        Quel maître a voulu t'enſeigner?
        Tu parles mieux qu'un Gazetier;
        Sur le détail de cette guerre,
        Plus d'un te croira du métier.

LISETTE.

        Mais, vraiment, c'eſt un Grenadier
        Gui me forme ſur les affaires.

TONTON.

Un Grenadier ?

LISETTE.

Oui vraiment.

TONTON.

Qu'est-ce qu'un Grenadier ?

LISETTE.

Air. *Je suis un bon froteur.*
C'est un brave soldat
Qui porte au combat
L'allegreffe
Qui de fon Général,
Héros fans égal,
Veut être rival ;
Qui dans ces lieux,
Ardent comme au feu,
Chérit fa maitreffe.
Pour finir c'est
Un François par fait,
Et mon fait.

TONTON.

Ah, ma coufine, tu l'aimes affurement !

LISETTE.

Tu me dis cela avec un petit ton de jaloufie, friponne ; tu n'as plus envie de te fauver.

TONTON.

Air. *Ne v'la-t-il pas que j'aime.*
J'ai commencé par fuir leur pas
Avec un foin extrême.

LISETTE.

Et puis à la fin tu diras
Ne v'la-t-il pas que j'aime ?

TONTON.

Je les attendrai, ma coufine, je les attendrai ; quelqu'un de ces charmans François m'aimera, que je ferai contente ! ah ! que je l'aimerai !
Air. *Des Feuillantines.*
Non, je ne les verrai pas.

LISETTE.

Pourquoi pas ?

TONTON.

Mais que fera Nicolas ?
Si je vais en aimer d'autres.

LISETTE.

Il fera,
Il fera,
Ce qu'on déja fait bien d'autres.

Il fe confolera. Je plante bien là M. Brinding, qui est fort riche, à qui mon pere m'avoit fiancé ; je crois que, tout compaffé, un fiancé en vaut bien un autre.
Air. *Ah! le voilà, le voilà.*
S'il s'en fâche, tant pis pour lui.
Pourtant le tour est traître.
Amant, il vient d'être trahi ;

Epoux, il eût pû l'être ;
On le garantit de cela ;
Mais j'ai cru voir quelqu'un par là,
Ah ! le voilà, ah ! le voilà,
Oui, le voilà, le voilà, là.

TONTON.

Qui donc ?

LISETTE.

Mon Amant.

TONTON.

Le Grenadier ? Il eft avec un homme habillé comme lui. C'eft un François, ma coufine ; n'eft-il pas vrai, n'eft-il pas vrai ? Réponds moi donc, que je fuis aife !

LISETTE.

Ah! coufine, comme te voilà apprivoifée ! Retirons-nous un peu fous les arbres. Nous aurons le plaifir, avant de nous faire voir, de les admirer & de les entendre.

TONTON.

Mais s'ils s'en vont fans nous appercevoir.

LISETTE.

Ne crains rien.

SCENE II.

VENTRE A TERRE, BELLEROSE, *le havrefac fur le dos, & le fabre fous le bras,* TONTON, LISETTE.

VENTRE A TERRE.

Air. *S'tila qu'a pincé Berg-op-zoon.*

Après avoir roffé l'fAnglois,   *bis.*
Faut v'nir un p'tit peu boire au frais ;   *bis.*
Camarade, prenons courage,
J'en vaudrons à ç'foir davantage.

BELLEROSE.

C'eft bien dit ; mettons nos fabres par terre.
Ils défont leur havrefac.

LISETTE.

Comment les trouves-tu ?

TONTON.

Qu'ils ont bonne mine !
VENTRE A TERRE, *pofant le havrefac à terre.*
J'ai l'a d'dans d'quoi nous r'mettre un peu ; l'combat donne d'l'appetit.

LISETTE.

Celui qui a bon appétit eſt mon amoureux.

BELLEROSE, *tirant une bouteille de ſon havreſac.*

Et moi j'ai du vin.

VENTRE A TERRE.

Vive la joie. Nous n'mourrons ni d'faim ni d'ſoif; c'eſt un plaiſir de s'battre dans ç'pays-ci; rien ne nous manque.

BELLEROSE.

Faut dire auſſi qu'nous avons un bon pourvoyeur.

VENTRE A TERRE, *débouchant la bouteille.*

Ventrebleu, not Général a ſoin d'nous. C'eſt un bon pere; mais y peut s'vanter d'avoir d'ſ enfans qui ai-ment bien.

Air. *Veux-tu dans mon galetas.*

Buvons pour lui ces deux coups,
L'ſ autres feront pour ſa famille;
Morbleu, j'les aimons tretous,
Dans le feu ça vous pétille.

BELLEROSE.

Ami, je penſe comme toi;
Mais pour qu'en tout not r'pas brille,
Il faut commencer avec moi
Par boire à la ſanté du Roi.

TOUS DEUX.

Buvons à la ſanté du Roi.   *bis.*

VENTRE A TERRE.

C'eſt lui qui mene la barque.

BELLEROSE, *appercevant les Bergeres.*

Eh! camarade, voilà des jolis minois qui nous r'gar-dent; mettons-les d'la fête.

VENTRE A TERRE, *ſe retournant.*

Eh? ventregué, c'eſt vous, Mamſelle Liſette; que n'vous montrez-vous? G'nia ici que les Anglois qui s'cachent.

LISETTE.

Nous voulions vous ſurprendre.

VENTRE A TERRE, *donne ſa taſſe d'étain à Liſette,*
& en tire une de terre de ſa poche.

Air. *Tout à la bonne franquette.*

Voulez-vous à la franquette,
Boire un p'tit doigt avec nous?

LISETTE.

De bon cœur, je vous accepte.

VENTRE A TERRE.

C'te fois-ci c'eſt pas pour vous,
C'eſt au Maître de la France
Que nous d'vons nos premiers coups;
Il mérite la préférence:
Qu'l'Amour en ſoit pas jaloux.

LISETTE

LISETTE.

Air. *De tous les Capucins du monde.*
Pour lui m'a tendreffe eft extrême,
L'aimer, c'eft vous aimer vous-même.

VENTRE A TERRE.
Ça s'appelle parler françois.

LISETTE, *à Tonton.*
Eh bien, te plaît-il ?

TONTON.
Il m'enchante.

VENTRE A TERRE, *à Bellerofe.*
Qu'en dis-tu ?

BELLEROSE.
L'une eft belle. Mais
La petite brune eft charmante.

VENTRE A TERRE.
C'eft d'la fauffe anx yeux, n'eft-ce pas ?

TONTON, *à Lifette.*
Entends-tu ?

VENTRE A TERRE, *à Lifette.*
Air. *Vous avez bien de la bonté.*
Mais dit'moi donc à propos d'ça,
Qu'eft-qu'c'eft que c'te poulette.

LISETTE.
C'eft ma coufine.

VENTRE A TERRE.
Elle a déja
L'air d'une bonne emplette.
*à Tonton.*Eh bien, c'garçon-là f'ra l'marché ;
Si votre tendreffe eft en vente.

LISETTE.
Votre fervante.
Monfieur, en vérité,
Vous avez bien de la bonté.

VENTRE A TERRE.
Gnia pas d'bonté-là-d'dans ; c'eft d'tout cœur.
à Bellerofe.

AIR.

Avance donc ,
Du cœur , de l'audace ,
Attaque la place
Auprès d'un tendron.
Quoi ; tu fais le poltron
Comme l'Anglois.
Jeune cœur qui marchande ,
Quoiqu'il fe défende ,
Faut toujours qu'il s'rende
Quand on l'ferre d'près.

TONTON, *à part.*

Ah, ma coufine ! Je crois qu'il m'aime. Vois-tu comme il me regarde ?

VENTRE A TERRE.

Allons : dreffe tes batteries. Hardi, mon camarade.

BELLEROSE.

Du premier abor, comme cela, es-tu fûr que je réuffiffe ?

VENTRE A TERRE.

Comment, fi j'fuis fûr ? J'réponds du cœur d'une Belle, comme mon Général d'une Place. Faut qu'être François pour ça.

BELLEROSE, *à Tonton.*

Air. *Je viens devant vous.*

Permettez-moi donc
De vous avouer ma tendreffe.

VENTRE A TERRE.

Vas-tu fur ce ton
Lui faire ta confeffion?

Air. *Vous m'entendez bien.*

Bel enfant, fans tant barguigner,
C'garçon d'un grand feu s'fent brûler :
Il faut, fans vous contraindre.

TONTON.

Hé bien?

LISETTE.

L'allumer, ou l'éteindre,
Vous m'entendez bien.

BELLEROSE.

Air. *Vous voulez me faire chanter.*

Il s'explique un peu brufquement ;
Mais fa bouche eft fincere.
Foi de foldat, je fais ferment
D'adorer ma Bergere,

TONTON.

Hé bien, Monfieur, j'en jure autant ;
Je n'en fais point la fine,
Et j'ai bien du contentement
D'imiter ma coufine.

VENTRE A TERRE.

Air. *Nous fommes précepteurs d'amour.*

Vlà c'que c'eft d'avoir d'la raifon :
Al parle comme une peinture.

LISETTE.

La nature y va fans façon ;
Le bon amour c'eft la nature.

BELLEROSE.

Nous pouvons continuer not repas à préfent.

VENTRE A TERRE.

T'as raifon. As-tu un couteau ?

BELLEROSE.

Non, l'diable m'eftringole.

VENTRE A TERRE, *caffant le pâté à pleines mains,*
préfente un morceau à Lifette.

Air. *A la façon de Barbari.*

Vlà un p'tit morceau qu'eft pas chien,
T'nez, mangez ça la belle.

BELLEROSE, *arrêtant Ventre à Terre, qui veut pré-*
fenter un morceau a Tonton.

Que chacun préfente le fien :
Prenez, Mademoifelle.

VENTRE A TERRE.

Tu cherches toujours d'la façon,
La faridondaine, la faridondon,
Parbleu, faut nous conduire ici, béribi,
A la façon de Barbari, mon ami.

LISETTE.

A la guerre comme à la guerre.

VENTRE A TERRE.

Eh oui, oui ; mais n'faut pas vous étonner s'il eft
pû poli qu'moi : il commence à approcher du Général.
Il eft déja Caporal dans la Compagnie.

TONTON.

Votre Général eft donc bien aimable ?

VENTRE A TERRE.

Air. *Marche du Roi de Pruffe.*

Entre amis,
J'ai mon prix,
Bell'rofe a l'fien auffi.
Mais quand mille autr'ainfi
Viendroient ici,
Le Maréchal
Martial
Stilà qu'eft not Général,
Brilleroit mieux
A vos yeux
Qu'tous fes foldats, & qu'nous deux :
Dans l'amour, ainfi que dans les feux,
C'eft un grivois qu'eft vigoureux.
Notre Roi
Qu'eft matois,
N'fait jamais de mauvais choix.
Il s'eft fouv'nu comm' nous d'Fontenoi :
Richelieu d'près
L'fuivoit,
Et dam'vous l'imitoit :
C'eft ça qu'il fait aujourd'hui
Prefque tout auffi bin comm'lui.
Quand on s'en va
Aux combats

On s'croit bin loin d'lui déja.
Mais, point du tout; vlà-t.il pas
Qu'vous l'voyez qui fuit vos pas ?
Nous ménager
Dans l'danger,
C'eft à ça qu'il veut fonger.
De not befoin,
D'près & d'loin,
Cent fois pû qu'nous il a l'foin.
S'il nous chérit, vaut favoir auffi
Si pour lui l'on travaille à demi.

LISETTE.

Ah, que voilà un aimable François!

TONTON.

Je donnerois mon fang pour un pareil Général.

VENTRE A TERRE.

Oh! vous aurez beau lui donner des traits d'amitié ;
tant qu'il aura des foldats vous n'aurez par la volte.

BELLEROSE.

Air. *Chacun à fon tour.*

C'eft affez parler de la gloire ;
Nous en irons chercher tantôt.
Aptéfent , fi tu veux m'en croire,
D'aimer occupons nous plutôt.

VENTRE A TERRE.

Un foldat, auprès de fa brunette,
Peut donner quelqu'chofe à l'amour.
Chacun à fon tour ,
Liron , lirette,
Chacun à fon tour.

VENTRE A TERRE.

Air. *Gentille pélerine.*

Oui , parlons de tendreffe,
Car, morbleu , ça nous preffe.

BELLEROSE.

Ma petite Maîtreffe ,
Vous trouvez-vous bien là !

TONTON.

Près de vous tout m'arrête.

BELLEROSE.

Pour chanter ma conquête ,
Un petit coup, brunette.

TONTON.

Oui-da , Monfieur, oui-da :
C'eft pour vous feul que je bois cette fois-là.

VENTRE A TERRE, *arrêtant Bellerose, qui eſt prêt*
à boire.

En douceur, camarade, en douceur; y a d'la tranchée c'ſoir. *

LISETTE.

Qu'eſt-ce que la tranchée ?

BELLEROSE.

Air. *De tous le Capucins du monde.*

C'eſt l'endroit où l'artillerie
Tire avec le plus de furie.
Chaque ſoldat avec ardeur,
Y court ſans ménager ſa vie.

                Il jette ſon vin.

Qui s'ennivre n'a pas l'honneur
De s'expoſer pour ſa Patrie.

TONTON.

Vous appellez cela un honneur ?

VENTRE A TERRE.

Oui vraiment ; toute l'armée penſe comme nous ; &
not Général, qui nous connoît comme perſonne, nous
prend par not foible.

TONTON.

Air. *Le plaiſir paſſe la peine.*

Comment ſe diſpenſer de boire,
Pour riſquer de mourir de gloire ?
La peine paſſe le plaiſir.
Avoir la tête un peu trop plaine,
Et l'affront de ne point mourir :
      Le plaiſir
    Paſſe la peine.

VENTRE A TERRE.

Même Air.

Bien yvre, à l'ombre d'une treille,
Dormir quand ſon Général veille,
La peine paſſe le plaiſir.
Quand au laurier un chef vous mene,
Prêter vos bras pour le cueillir,
      Le plaiſir
    Paſſe la peine.

Excuſez ſi nous n'ſommes pas du même avis que
vous, Mamſelle.

LISETTE.

Oh, je ſuis du votre, moi.

---

* *M. le Maréchal de Richelieu ayant appris que*
l'on s'ennivroit dans le camp, publia que quiconque
feroit pareil excès n'auroit pas l'honneur d'aller à la
tranchée. Depuis cette menace, on ne s'ennivra plus.
Cet article eſt dans les Gazettes d'Utrecht du mois
de Juillet.

TONTON , *empreſſée.*

Et moi auſſi, ma couſine ; mais on eſt ſi peu accou-
tumée aux manieres françoiſes.

VENTRE A TERRE.

Oh, vous vs'y f'rez, vous vs'y f'rez.

TONTON.

Oh, pour cela, oui.

LISETTE.

Pour moi j'y ſuis toute faite.

BELLEROSE.

Nous ne vous déplaiſons donc pas , comme cela ?
§ Air. *Tout du long de la riviere.*
Pouvez-vous déplaire ?

LISETTE.

Mais , ſavez-vous bien ,
Qu'un rival eſpére
Obtenir ma main ?
Il faudroit, pour s'en défaire ,
Trouver un moyen.

VENTRE A TERRE.

Faut le j'ter dans la riviere ,
C'eſt le plus certain.

LISETTE.

Nous réuſſirons mieux par douceur. Parlons à mon
Pere , qui eſt l'Oncle de Tonton ; il eſt aſſez bien diſ-
poſé pour les François. Ainſi, nous aurons ſon con-
ſeetement aſſurément.

VENTRE A TERRE.

En attendant , j'tiens l'vôtre ; c'eſt l'meilleur. S'il
n'veut pas donner l'ſien d'bonne guerre, nous lui pren-
drons en maraude.

BELLEROSE.

Pour moi, il me paroît que je ſuis venu aſſez-tôt
pour n'avoir point de rival.

TONTON.

Pardonnez-moi. Il y a un certain Nicolas qui m'en
cantoit. Mais la premiere fois que je le verrai ; ne
vcus inquiétez pas ; je le traiterai ſi mal, ſi mal, qu'il
n'y reviendra plus.

VENTRE A TERRE.

Parlons du mien. Qu'es-ce que c'eſt que c'tanimal-
là ?

LISETTE.

C'eſt un Anglois , habitant de cette Iſle.

VENTRE A TERRE, *ramaſſant ſon havreſac.*

Oui , l's'Anglois s'aviſent d'être amoureux pendant
qu'il y a des François ici ; ah, que je l'rencontre.

LISETTE.

Le voilà, qui vient avec mon pere.

VENTRE A TERRE, *ramaſſe ſon ſabre.*

Eh bin, ça s'trouve à propos pour que je lui faſſe mon p'tit conpliment.

LISETTE.

Non, retirons-nous ſous ces arbres; & ſi mon Pere reſte ſeul; vous l'aborderez pour lui parler a votre aiſe.

VENTRE A TERRE.

La main m'demange pourtant furieuſement.

LISETTE.

Allons, allons, moderez-vous, & ſongez que je vous en prie.

VENTRE A TERRE.

Gnia rien à répondre à ça. (*A Bellerofe & à Ton-ton.*) Allons.

SCENE III.

BLAISE, BRIDING.

BRIDING.

JE ſuis le valet très-humblement de vous, Moſſié Blaiſe.

BLAISE.

Et moi itou, Monſieur Briding : de quoi s'agit-il ?

BRIDING.

Air. *Je ne ſais pas écrire.*

J'ai du plaiſir beaucoup charmant,
De pouvoir ici librement,
Parle à vous, Moſſié Blaiſe,
D'un ſujet très-fort important.

BLAISE.

J'nous couvrons, pour qu'en attendant,
Vous parliez à votre aiſe.

BRIDING.

Air. *Du Confiteor.*

J'ai dans mon eſprit un ſoupçon,
Et l'eſprit de moi n'eſt pas bête,
Que pour France une paſſion
Tenoit bien fort dans votre tête;
J'ai vû tout vot pens'ment, déja.

BLAISE.

Par quel œil avez-vous vû ça ?

BRIDING.

Air. *El allons donc, jouez violons.*

Depuis que la France en cette Iſle,
Tâche de ſe faire un aſile,
De plaiſir vous êtes ſaiſi ;
Vous demande ce qui ſe paſſe;

Et puis, s'ils prendroient cette Place.
Je ferois, dites-vous, ravi.
D'un contentement inoui.
L'Anglois feroit bien la grimace,
C'eft nous railler à notre face.
François, Anglois, qu'êtes-vous plutôt?
Donne nous votre dernier mot.   *bis.*

BLAISE.

Je n'fommes ni François, ni Anglois.

BRIDING.

Cependan: vous panche pour l'un beaucoup, Moffié Blaife, & je n'ai pas pour bien certainement prouvé que ma Nation emporte la balance.

BLAISE.

Ça va fans dire; on eft braves gens, & l'on connoît fon monde.

BRIDING.

Vous m'pique, vous m'pique, fave-vous bien que j'ai le tête près extrêmement de la bonnet?

BLAISE.

Eh! ventregué; n'faites pas tant l'méchant, j'fommes bon pour vous répondre; & t'nez, j'commence à m'échauffer auffi moi; & fi vous n'changez d'ton; j'vous montrerons c'que j'favons faire.

BRIDING, *reculant, & ôtant fon chapeau.*

Je n'aime pas le b ruit; remettez-vous; parlons avec tranquillité.

BLAISE, *à part.*

Comme il fe radoucit.

BRIDING.

Non, Moffié Blaife, encore un coup, j'n'aim'pas m'fâche contre mes amis; dites clairement voul'vous que je tevienne le gendre d'un cœur France.

BLAISE.

C'eft à ça qu'vous en vouliez v'nir; eh! pargué, laiffez-là not fille; v'là-t-il pas queuq'chofe & d'rare que l's'Anglois, pour vouloir avoir d'leu race.

BRIDING.

Vous infulte en ma perfonne l'Angleterre tout entier; fonge donc que vous êtes fon fujet, & puis.

Air. *Tout roule aujourd'hui dans le monde.*
Vous n'êtes fait Maître d'Ecole
Que par la main du Gouverneur.

BLAISE.

S'il veut m'l'ôter, je m'en confole.
Pargué, c'eft pas un grand malheur,
Dès demain, par expérience.
C'tilà qui nous donne des loix,
Apprendra qui n'ia que le Roi d'France

Qu'a

Qu'a droit de nommer aux emplois. *

B R I D I N G.

Vous compte donc que les Anglois feront battus.

B L A I S E.

Oui, je le compte.

B R I D I N G.

Certainement ?

B L A I S E.

Certainement ?

B R I D I N G.

Air. *Du Cap de Bonne-Efpérance.*
Grand-merci de l'efpérance ;
Mais demain, par nos Anglois,
Je veux voir prendre le France,
Le chef & tous les François,
J'en ferois bien la gageure.

B L A I S E.

Moi, j'en fais une plus fûre
De voir de main en batteau
Tous vos projets à veau-leau.

B R I D I N G.

Voule vous gage que non, Monffié Blaife.

B L A I S E.

Air. *Vraiment, mon compere, oui.*
Eh bien, je gage que fi.

B R I D I N G.

Vraiment, ma compere, oui ;
Nous feuls prendre le Victoire.

BLAISE, *ironiquement.*
Vraiment, mon compere, voire,
Vraiment, mon compere, oui.

B R I D I N G.

Je gage une difcrétion.

B L A I S E.

Oh qu'nannin.
Air. *Nage toujours, ne t'y fie pas.*
D'mon côté j'tiendrons bin la gageure,
Mais pour vous faut qu'l'enjeu m'en affure.

B R I D I N G.

Ma parole vaut-elle pas :
Ne peut-on pas croire à mon foi quand je le jure ;

B L A I S E.

Mons l'Anglois, on dit en ce cas,
Nage toujours, mais ne t'y fie pas.

B R I D I N G.

Vous infulte terriblement mon probité, Monffié Blaife.

---

* *Le Gouverneur Anglois nommoit aux Bénéfices à Minorque.*

C

BLAISE.

T'nez, je n'fommes pas défiant, j'gage ma fille, fon trouffiau & fa dot' qu'vous n'aurez morgué pas, fi vous pardez. Voyez c'qu'vous avez à mett' la contre.

BRIDING.

Je gage ma chapeau, le canne, & cent écus ; ça vaudra bien le dot, le trouffieau, & la fille tout enfemble.

BLAISE, *regardant le bord du chapeau.*
C'eft-il fait, ça.

BRIDING.

Oui, très-fait.

BLAISE.
Allons, voilà qui eft décidé.

BRIDING.

Adié, Moffié Blaife : j'ai quelques petits affaires à terminer, je reviendre après cherche le prix de la gageure.

Air. *Je n'ai pas le pouvoir.*
J'époufe la fille au revoir.

BLAISE.
C'eft ce qu'il faudra voir.

BRIDING.
L'Anglois être vainqueur ce foir.

BLAISE, *riant.*
Il n'a pas le pouvoir.   *bis.*

SCENE IV.

BLAISE.

JE n'crains rien, j'fuis fûr de gagner ; l'Roi d'France eft mon s'cond. Pourtant en gagnant c'te gageure là, v'la ma fille qui m'refte fur les bras ; al a vingt ans, morgué ; à c't âge-là ça commence à devenir embaraffant ; mais qu'importe, al eft jolie ; y a des François ici, al n'peut pas chomer.

SCENE V.

VENTRE A TERRE, BELLEROSE, BLAISE.

BELLEROSE.

LE voilà feul, approchons tout doucement.

BLAISE.
Faut que je rêve à ça.

VENTRE A TERRE.

Attends, laiſſe-moi commencer l'premier, j'm'en vas lui tourner un p'tit compliment.

BELLEROSE.

C'eſt bien dit, ça le déterminera en notre faveur.

BLAISE.

Allons faire un p'tit tour cheux nous.

Il donne du nés dans l'épaule de Bellerofe.

VENTRE A TERRE, *lui frappe fur l'épaule.*
Serviteur, not bourgeois.

BLAISE, *effrayé.*

Au s'cours. Ah ! Meſſieurs, j'vous d'mandons pardon ; qui êtes-vous ? que me voulez-vous : j'ſuis tout prêt à vous ſatisfaire.

VENTRE A TERRE.

Bon, vous avez l'air effrayé ; j'vous traite pourtant avec politeſſe. (*Lui fecouant la main fortement.*) Allons, remettez-vous, n'eſt-ce pas vous qui s'appelle Monſieur Blaiſe.

BLAISE.

Oui, Monſieur.

VENTRE A TERRE.

Tant mieux ; c'eſt vous que je cherche.

BELLEROSE.

Couvrez-vous donc, Monſieur Blaiſe.

VENTRE A TERRE.

J'ſuis ravi d'la rencontre. Vous n'nous r'connoiſſiez pas bin, n'es-ce pas ?

BLAISE, *les envifageant l'un apès l'autre.*
J'ons beau r'garder, je n'nous r'mettons pas du tout la phifionomie d'vot vifage.

VENTRE A TERRE.

J'n'en ſuis pas étonné, c'eſt la premiere fois q'vous nous voyez ; mais j'veux vous mettre au fait. J'm'apelle Ventre à Terre, Soldat du Roi, brave homme, & v'là Bellerofe, c'eſt un chien d'tout cœur, & vot ſerviteur auſſi bin qu'moi, Monſieur Blaiſe.

BLAISE.

J'ſuis l'votre d'même ; ça m'fait plaifir itou d'vous voir ; pargué j'aime les François d'inclination.

BELLEROSE.

Les François vous rendent bien le change ; & dès que j'vous ai vû, j'ai ſenti que j'avois de l'inclination pour vous.

VENTRE A TERRE.

Diable emporte, vous m'avez l'air d'un brave homme ; & parc'que j'vous aime, je viens avec mon camarade vous parler d'une petite affaire où nous avons befoin de vot confent'ment.

BLAISE.

Ah, parlez , Meffieurs ?, j'nons rien à r'fufer à des
François.

VENTRE A TERRE.

Il faut dire , Monfieur Blaife , que vous avez une
jolie fille.

BLAISE , *tirant une révérence.*

Ah ! Monfieur.

BELLEROSE.

Il faut avouer que votre niéce eft bien aimable.

BLAISE , *retirant fa révérence.*

Ah ! Monfieur.

BELLEROSE.

Elles tiennent de vous toutes deux.

BLAISE.

Ah! Monfieur, c'eft trop d'honneur; gni en a qu'une
qu'eft ma fille , pourtant.

VENTRE A TERRE.

Ça n'fait rien , y a un air de famille , & c'eft c't'
air de famille-là qui nous a déterminés à en d'venir
amoureux , & à vous en faire la d'mande.

BLAISE.

Pour moi , je vous les accorderai avec plaifir ; mais
elles ne vous connoiffent pas.

BELLEROSE.

Pardonnez-moi , nous avons leur confentement , il ne
s'agit plus que du vôtre.

BLAISE,

Comment diable! vous êtes expéditifs.

   Air. *Nous fommes précepteurs d'amour.*
     A peine vous avez paru ,
     Qu'nos fille à vous aimer font prêtes.

VENTRE A TERRE.

     En France ont traite à l''impromptu
     Le mariage & les conquêtes.
     Air. *Et allons donc , Mademoifelle,*
     Pour nous c'eft une bagatelle
     D'avoir le cœur d'un tendron ,
     Quand une belle eft cruelle ,
     Nous lui difons fans façon ,
     Et allons donc , Mademoifelle ,
     Vous n'avez point de raifon,

BLAISE,

La maniere eft fans gêne ; mais il y a encore queuque
chofe qui m'embaraffe.

VENTRE A TERRE.

Ah! j'fais c'que c'eft.

      A I R.
     C'eft c'te promeffe
     Qu'a d'vous certain Anglois

Pour ma maîtreffe ;
Mais il n'l'aura jamais.
S'il faifoit le méchant,
Ap'lez-moi promptement ;
Si d'ma main j'vous l'careffe,
Il n'vous fom'ra d'long-temps.
D'vot promeffe.

B L A I S E.

Mais, ma niéce ?

B E L L E R O S E.

Elle a congédié fon amoureux ; ainfi l'affaire eft fûre
à préfent.

B L A I S E.

Allons, morgué, embraffez-moi j'fuis ravi qu'ça
aille comm'ça : v'là mes filles qui viennent à propos
partager ma joie ; retirez-vous un peu pour avoir le
plaifir de les furprendre.

VENTRE A TERRE.

C'eft bien imaginé, beau-pere.

SCENE VI.

VENTRE A TERRE, BELLEROSE, BLAISE ; LISETTE, TONTON.

B L A I S E.

Air. *Dans le fond d'une écurie.*

Venez, Tonton & Lifette ;
A propos, j'vous trouve ici :
Si je vous baillons un mari,
Serez-vous bien fatisfaite ?

L I S E T T E.

Vous déciderez.

B L A I S E.
Nenni.
C'eft pour vous qu'l'affaire eft faite,
Entre le non & le oui,
Vous pouvez prendre le parti.

T O N T O N.

Ah, ma chere ; c'eft peut-être nos fiancés dont il
veut parler : prenons garde à cela au moins.

L I S E T T E.

Tu as raifon ; mais que veux-tu que je dife ?

T O N T O N.

Je veux que tu répondes, & que tu nous garantiffes
de ce malheur-là.

BLAISE.
Mais il ne s'agit pas de caufer enfemble ; c'eft à
moi qu'il faut parler.
LISETTE.
Oui, mon Pere... mais c'eft que nous diſions, que...
que...

TONTON, *vivement.*

Que, que, quelle lenteur ? elle perdra tout, fi je la
laiffe faire ; je vois bien qu'il faut que je m'en mêle.

à Blaife.

Air. *Sans le favoir.*

Quand on veut fe mettre en ménage,
De l'amour auquel on s'engage,
L'hymen fait bien-tôt un devoir ;
Qui fuit une éternelle peine,
Ne prend pas époux fans le voir ;
Et ne fe forge point de chaînes
Sans le favoir.

BLAISE.

Air. *Mariez-moi.*

Les époux que j'ons pour vous,
Sont auffi d'vot'connoiffance.

LISETTE.

Qui donc ?

VENTRE A TERRE, BELLEROSE, *fe montrant.*

Eh ! parbleu, c'eft nous.

TONTON & LISETTE, *faifant un cri de joie.*

Quelle heureufe circonftance ?
à Blaife. Mariez, mariez, mariez-nous.

BLAISE.

Tu n'fais plus de réfiftance.

TONTON & LISETTE.

Mariez, mariez, mariez-nous,
Il n'eft pas de nœuds plus doux.

VENTRE A TERRE.

Eh bien, v'là qu'eft décidé ; gnia pû qu'à faire la
nôce à préfent.

BLAISE.

C'n'eft pas l'tout, y a encore une claufe pour être
mon gendre ; mais j'n'en ons pas parlé, parc' que ça
dépend d'vous.

Air. *Ah ! c'eft une merveille.*

Faut vous dire qu' j'avons gagé ;
J'fomm's prefque fûr d'avoir gagné,
Qu'par vous l'Anglois froit congédié.

LISETTE & TONTON.

Vous gagnerez la gageure.

VENTRE A TERRE.

A tantôt,
Ils front l'faut,

C'eft moi qui vous l'jure.

Oh qu'oui, not beau-pere ; n'vous inquiétez pas ;
réjouiffons-nous en attendant.

Air. *De tous les Capucins du monde.*

Dans l'attente
D'un hymen prochain ,
Il faut , ma charmante,
Danfer un p'tit brin.

BELLEROSE.

Ma brunétte ,
Vive le plaifir,
C'eft demain , poulette,
Qu'on va nous unir.

VENTRE A TERRE , *embraffant Lifette.*

Monfieur Blaife ,
N'vous déplaife ,
Si tout d'braife ,
J'fuis entrain.

TOUS DEUX.

Point de gêne ,
Ma p'tite Reine ,
Dans la mienne
Mets ta main :
Dans l'attente
D'un hymen prochain
Il faut...

On entend le tambour. VENTRE A TERRE , *prête
l'oreille.*

Bellerofe , entends-tu l'tambour... on va donner l'attaque ; partons, camarade. Adieu , Mefdemoifelles.

TONTON , *retenant Bellerofe.*

Air- *Ah! mon p'tit cœur , vous n'maimez guére.*

Eh quoi! vous partez fi-tôt ?

BELLEROSE.

On fe bat ; le temps nous preffe.

VENTRE A TERRE, *à Lifette qui le retient.*

On eft pet-être à l'affaut,
Quand nous jafons de tendreffe.

LISETTE.

Eh quoi ! c'eft-là votre ardeur ?
Eh , mon p'tit cœur...
L'ingrat me laiffe.

BELLEROSE & VENTRE A TERRE , *courant.*

On nous appelle au combat.

TONTON & LISETTE.

Hélas!
Vous n'maimez p s.

SCENE VII.

BLAISE, TONTON, LISETTE.

BLAISE.

Air. *La Comette.*

Moi, j'admire ces garçons-là;
Par ma foi, la chose est unique.
Drès l'temps qui s'agit du combat,
Gnia pus qu'ça qui les pique.

LISETTE.

Partout l'Amour a le deffus,
Chez eux, c'eft le contraire.

BLAISE.

Un François n'paroît pas non pus
Un foldat ordinaire.

Oui, morgué, ils m'plaifent tant, que j'fuis prefque
fâché de n'pas être jeune fille pour en époufer quelqu'un.

TONTON.

Oh! mon oncle; ils difent qu'ils ont un Général
qu'eft cent fois pus brave qu'eux.

BLAISE.

C'eft donc un prodige; fi tout va comme ça en
augmentant: quand j'frons arrivés au Roi, gni aura
pus d'comparaifon à faire.

Air. *M. de Catinat.*

Un peuple qu'a des chefs auffi brave que ça,
N'a qu'à s'montrer d'abord, & chacun li céd'ra.
Si j'avois du courage,
Et de foldats fi fiers,
J'voudrois pour partage
Avoir tout l'univers.

TONTON.

Il eft vrai, leur courage eft digne d'admiration.
Air. *Sur-tout ne me trompez pas;* de la Chercheufe
d'efprit.

Mais, fouvent pour trop ofer,
On rifque à perdre la vie.

LISETTE.

Il brûloit de s'expofer;
De frayeur je fuis tranfie.

BLAISE.

Mon enfant, ils ont trop de cœur;
La fortune eft pour la valeur.
Dans fon entreprife,

Tout

Tout la favorise.

TONTON.

Air. *En revenant de S. Denis.*

La fortune est, dit-on, sans yeux,
Rien ne fixe son cours volage.

BLAISE.

Cherchez-la d'un air furieux,
A s'enfuir loin d'vous ça l'engage.
C'tilà qu'est farouche & fougueux,
A tout à craindre de ses jeux :
C'tilà qu'est juste & généreux
La met sans peine en esclavage.

LISETTE.

Air. *La bonne aventure.*

Est-elle pour nos Amans ?

BLAISE.

Pargué, c'est chos' sûre,
Ils s'en vont en braves gens,
Venger leur injure.

TONTON.

Pour ces Grenadiers charmans,
Je ne crains plus d'accidens.

TOUTES DEUX.

La bonne aventure,
O gué,
La bonne aventure.

LISETTE.

Mais que gagnent-ils à tout cela ?

BLAISE.

Le plaisir de servir leur Prince & la réputation.

TONTON.

Qu'es-ce que c'est que toutes ces choses-là ?

BLAISE.

Ah ! morgué, n'en d'mande pas davantage ; faut être
Héros pour savoir c'que vaut c'te monnoie-là. Gnia qu'cheux
eux qu'al a cours.

LISETTE.

Voilà Monsieur Briding qui vient nous interrompre.

TONTON.

Que je le hais !

SCENE VIII.

BRIDING, LISETTE, TONTON, BLAISE.

BRIDING, *à Lisette.*

JE donne bien le bonjour à vous, Mam'selle le fille.

B

LISETTE , *le contrefait.*

Je donne bien le bon soir à vous , Monsieur Briding.

BRIDING.

Eh , bon jour vous aussi , Mam'selle le niéce.

TONTON , *le contrefaisant.*

Et adieu vous aussi , Monsieur Briding.

Elles partent.

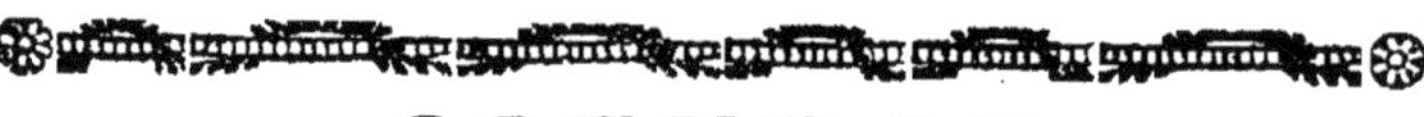

SCENE IX.

BRIDING, BLAISE.

BRIDING.

Elles s'en vont en faisant comme si elles se moc-quoient de moi.

BLAISE.

Ça pourroit bien être.

BRIDING.

Elles ont tort ; car il y en a une de ces deux qui m'appartient.

BLAISE.

Qui vous appartient?

BRIDING.

Oui : est-ce que vous ne savez pas les nouvelles ?

BLAISE.

Non : quelles nouvelles ?

BRIDING.

Air. *Ah ! qui est drôle.*

Oh , vous ne savez rien du tout ;
Ah , que c'est drôle !
Morplé , j'épouse pour le coup :
Le François en a tout son sou.
L'espoir n'est pas frivole.
Ils sont battus de bout en bout :
Oh , rien n'est plus drôle.

BLAISE.

Les François sont déja battus ? Vous m'la baillez bonne. En v'là deux qui viennent de partir tout-à-l'heure.

BRIDING.

Oh nous allons vîtement nous autres, l'arme de terre, l'arme navale ; tout se dissipe à notre approche-ment comme le fumée devant l'vent.

BLAISE.

Allons donc ; ça n'est pas possible.

BRIDING.

L'être si fort possible , que j'ai fait préparer le festin

pour le nôce, qui fervira pour le réjouiffance tout enfemble.

BLAISE.

Morgué, j'en doute. D'où t'nez-vous c'te nouvel-
le-là ?

BRIDING.

D'avoir vû quelques fuyards traîneurs de l'arme en-
nemie, qui cherchent quelque trou pour fe cache à la
deftriction !

BLAISE.

Vous n'avez pas d'autres preuves ?

BRIDING.

Elles font fuffifantes?

BLAISE.

Non , morgué; gnia rien d'pus douteux : c'n'eft pas
la premiere fois qu'vous êtes heureux comm-ça en
efpérance.

BRIDING.

A la bonne heure ; mais payez par avance le prix
de la gageure : je rendre après fi le fait n'être pas
véritable.

BLAISE.

Qu'il eft fin ! Oh qu'nennin : j'aim'mieux t'nir que
d'courir.

BRIDING.

Ah , Moffié Blaife, paye par douceur; ou bien je
fais paye d'autre forte.

BLAISE.

Non , ventregué ; j'ne pairai pas qu'je n'fois fûr
C'eft pas poffible que le François s'laiffent battre.

SCENE X.

LISETTE, BRIDING, BLAISE.

LISETTE.

Air. *J'en ferois ma femme.*

MOn pere , je n'en puis plus.

BLAISE.

Mais , qu'as-tu.

LISETTE.

Enfin, les voilà battus.

BRIDING.

Eh bien ; faifé-je une hiftoire ?
Vous voyez, vous voyez

BLAISE.

Que l'on veut m'en faire accroire.

LISETTE.

Air. *Robin turelurelure.*

Je vous fais un vrai rapport.

BRIDING.

Vous ave la tête dure.

BLAISE.

Oui, morgué, j'en doute encor,

BRIDING.

Turelure.
Vous payerez la gageure.

BLAISE.

Robin turelurelure.

BRIDING, *à Lisette.*

Air. *Eh, non, non, je n'en veux pas d'avantage.*

Faut faire le mariage,
Rien ne doit plus l'empêcher.
Un vainqueur veut en ménage
Vous faire son prisonnier.

LISETTE.

Pour subir cet ecfclavage,
L'amour m'a mis à la raison,
Eh, non, non, non,
Je n'en veux pas d'avantage.

BLAISE.

Air. *L'amour me fait mourir.*

Comme diable al fe preffe.

BRIDING.

Son cœur veut pas languir,

LISETTE.

Je fais votre promeffe,
Songez à la tenir.
L'amour me fait, lon, lan, la,
L'amour me fait mourir,

BLAISE,

Air. *Du Confiteor.*

C'eft s'expliquer en termes clairs,
Qu'eft-ce que l'efpéce femelle?
Son cœur tourne à tort, à travers,
Tout de même que fa cervelle.

BRIDING.

Morplé, nous féche en attendant.
Decide vous donc promptement.

Air. *Et j'y pris bien du plaifir,*

Son futur eft des plus tendre.

LISETTE.

Mon cœur brûle à l'uniffon,

BLAISE,

Morgué, ce feu-là vient d'prendre
Comme ed la poudre à canon,

B R I D I N G.

Dans certain cœur par la brêche,
L'amour vient de parvenir :
M'ad'moiselle y met le mêche.

L I S E T T E.

Et j'y prends bien du plaisir.

B R I D I N G.

Oh, j'en prendre aussi beaucoup. Je veux me divertir aujourd'hui extrêmement.

Air. *Vous avez bien de la bonté.*

J'ai chez moi le plus beau festin
Qu'on ait vû sur la terre.
On dansera jusque demain,
Pour l'hymen & l'affaire ;
Sur-tout j'ai choisi de bon vin ;
Et j'ai retenu pour le nôce
Un bon carosse.

L I S E T T E.

Monsieur, en vérité,
Vous avez bien de la bonté.

Mais, vous m'étonnez de prendre part aussi chaudement à ma nôce & à cette victoire. C'est un trait de complaisance & de générosité qui me passe dans vous.

B R I D I N G.

Il n'y a rien d'étonnant. J'aime ma Patrie. J'aime vous aussi, Mam'selle. Voilà ma cause de divertissement.

L I S E T T E.

Je vous suis obligée de l'amitié que vous avez pour moi. Mais il me paroît que c'est assez mal prouver celle que vous portez à votre Patrie, que de vous réjouir ainsi des pertes qu'elle a faites.

B R I D I N G.

Je n'appelle pas pertes quelques François par-ci, par-là qui sont échappés : ça se r'trouve, Mam'selle, ça se r'trouve, & puis,

Air. *De tous les Capucins du monde.*

De tout en pareille avanture
Un vainqueur jamais ne s'assure.
S'il s'est sauvé quelques François
C'est pour nous une bagatelle ;
On a voulu laisser exprès
Quelqu'un pour porte le nouvelle.

L I S E T T E.

Mais je crois que vous vous imaginez que les François sont battus.

B R I D I N G.

Sans doute ; je le save dès auparavant ; & vous venez de remplir ma certitude tout-à-l'heure.

LISETTE.
Air. *Vous ne m'entendez pas.*
Vous ne m'entendez pas.
BRIDING,
Si fait; le chofe eft claire ;
La France à l'Angleterre
Enfin céde le pas.
LISETTE.
Vous ne m'entendez pas.
C'eft tout le contraire.
Air. *Tambour de l'Amour.*
Au fon du tambour
La France en ce jour,
De notre féjour
Chaffe l'Angleterre.
Le Fort eft rendu ,
Le Gouverneur eft vaincu
Le Léopard tondu.
Malgré fa colere ,
On fuit à fes yeux ,
Le Erançois victorieux ,
Et tout célébre en ce lieu
LOUIS & RICHELIEU.
BLAISE.
Chantons leftamini , &c.
Eh bin , Monfieu l'Anglois ? Je l'difois bin moi ,
qu'les François n'pouvoient pas être battus ?
BRIDING.
D'où fave-vous cela , Mam'félle Lifette ?
LISETTE, *ironiquement.*
Air. *De tous les Capucins du monde.*
De tout , en pareille aventure ,
Un vainqueur jamais ne s'affure.
Quelques Anglois qu'on n'a pas pris ,
En fuyant annonçoient dans l'Ifle ,
Qu'aujourd'hui chaflé du pays ,
Vous cherchiez ailleurs un afyle.
BRIDING , *d'un air étonné.*
Air. *Je vous prêterai mon manchon.*
Quoi ! nous ferions mis à le porte
Quand nous y penferions le moins ?
Pour croire qu'ainfi l'Anglois forte ,
Je voudre de plus fûrs témoins.
LISETTE.
Ma vûe eft bonne , & ne s'eft pas méprife.
BRIDING.
Vous me caufez de la furprife.
Mais finiffez donc ,
Mam'fell *Louifon* ,
Parlez de bon.

B L A I S E & L I S E T T E.]
On vous prend Port-Mahon,
C'eſt tout de bon ,
On vous prend Port-Mahon.

B L A I S E.
Air. *Ah ! mon cher ami , que j'taime !*
C'eſt un trifte coup ;
Mais faut s'faire à tout.

B R I D I N G.
Aiſément je m'en confole.
Cette aimable enfant
M'aime tendrement.

LISETTE , *le repouſſant.*
Votre eſpérance eſt frivole.

B R I D I N G.
Quoi ! dans ce jour ,
Auſſi l'amour
M'abufe ?

LISETTE , *riant.*
Oui , Monſieur. Mais
Je vous en fais
Excufe.
C'eſt un grenadier
Qui veut m'époufer.
Eſt-ce que ça fe refufe ?

B L A I S E.
Eſt bin : vlà qu'eſt bon encor celui-là. J'ai cru que
c'étoit lui que tu aimois.

L I S E T T E.
Lui ? Non vraiment. Je n'ai jamais entendu parler
que de *Ventre à Terre*. Monſieur me difoit qu'un vainqueur me vouloit époufer. Je l'ai cru inſtruit de mon
inclination ; & j'ai répondu en conféquence. S'il a pris
pour lui quelques petites douceurs qui me font échap-
pées ; c'eſt une reſtitution qu'il a à me faire , & que
je reclame.

B L A I S E.
Eh bin, vous v'là, gros gagneux.
Air. *Adieu paniers.*
Vous voulez avoir nos fillettes ,
Et réfifter aux Grenadiers.
Pauvres amans, pauvres Guerriers ,
Adieu paniers , adieu paniers ,
Adieu paniers , vendanges font faites.

L I S E T T E.
On entend le tambour.
Ah ! J'entends le tambour. Voilà mon amant & Bel-
lerofe. Tonton eſt avec eux.

SCENE DERNIERE.

BLAISE, BRIDING, TONTON, LISETTE,
VENTRE A TERRE, BELLEROSE,

VENTRE A TERRE & BELLEROSE, *le col défait
les chapeaux rabbattus, sautent.*

I Ls ont voulu,
Ils n'ont pas pu
Nous faire réfiftance
Camarad', & réjouiffons-nous.
Malgré l's'Anglois l'Ifle eft à nous.
Ils ont voulu,
Ils n'ont pas pu
En prendre la défenfe.
VENTRE A TERRE, *à Blaife.*
J'vous l'avois bin dit, qu'nous r'viendrions bientôt,
Beau-pere ?
BRIDING, *s'en allant.*
Aieu, Moffié Blaife.
BLAÏSE, *courant après lui.*
Oh, qu'nennin. Parlez donc, parlez donc. Eft-ce que
vous ne vous fouv'nez plus de la gageure?
VENTRE A TERRE, *à Lifette.*
Air. *Belle Tonton, bonjour.*
Eh bin, nous v'là de r'tour,
Toujours brûlant d'amour,
Ma charmante Lifette.
LISETTE.
Vous avez chacun deux fufils.
VENTRE A TERRE.
Tout en chaffant les ennemis,
J'en avons fait emplette.
BELLEROSE.
Oui, c'eft la fucceffion de deux Anglois que nous
avons expédiés.
VENTRE A TERRE.
Ce font les plus beaux: car fi j'avois ceux de tous
l's ennemis qu'jons mis par terre à nous deux, mon ca-
marade, tant feulement, j'voudrois l'ver boutique.
BRIDING.
C'eft un peu fort c'que vous dites là, Moffié le foldat.
VENTRE A TERRE.
Tant pis pour vous. Si vous le trouvez trop fort,
faites-y mettre de l'eau.
BELLEROSE.

BELLEROSE , *s'avançant vers Briding, & le faifant*
pirouetter.

Qui êtes-vous , s'il vous plaît , vous qui parlez avec
vos petites remarques ?

TONTON.

C'eft l'fiancé de ma coufine.

VENTRE A TERRE.

Oui-dà ; ah ! je n'vous r'connois pas , not bourgeoi ;
comme nous nous quittons bientôt , j'fuis ben aife
d'vous avoir vu avant qu'vous battiez une chaffe.

BLAISE.

C'eft avec l i q ''avons jugé qu'vous feriez vainqueur ;
j'crois qu'j'avons auffi befoin d'vous pour nous faire
payer.

BELLEROSE.

Ah ! c'eft vous qui gagés , mon p'tit ami.

BRIDING.

Mais , Moffié...

VENTRE A TERRE.

Allons , faites les chofes de bonne grace ; ou ventrebleu , t'nez , pendant que j'fuis en train.

Il le couche en joue.

BRIDING.

Ah ! Meffiés , je ne demande pas mieux ; point de...
Air. *O reguingué.*

De bon cœur je veux vous payer ;
Mais arrangeons-nous fans crier.
Le fille ailleurs va s'marier,
C'eft la moitié de la gageure :
De l'autre ma foi vous affure.

VENTRE A TERRE, & BELLEROSE.
Air. *Finiffez donc , Mamfelle Fanchon.*
Finiffez-donc, Monfieur l'Anglois ,
    Point d'promeffe ,
    Ça nous preffe ,
Finiffez donc , Monfieur l'Anglois ,
Sans tarder donnez-nous des effets.

Ils le couchent en joue.

BRIDING.

Eh ! Meffiés , fouffrez que je refpire.

VENTRE A TERRE.

Faut , morbleu , nous payer fans rien dire.

BRIDING.

Mais , de grace , un moment.

VENTRE A TERRE.

Morbleu , pas un inftant.

BRIDING.

Je propofe un bon arrangement.

VENTRE A TERRE, & BELLEROSE.
Finiffez-donc, Monfieur l'Anglois ;

E

Point d'fineffe,
Point d'adreffe ;
Dépêchez-vous, Monfieur l'Anglois,
Point d'quartier, donnez-nous vos effets.

B R I D I N G.
Tenez, Meffiés, voilà ma chapeau ; elle me coutit parblé 24 liv. 10. fols argent de France.

VENTRE A TERRE.
Tant mieux ; la canne à préfent.

B R I D I N G.
Voilà la canne ; maudite gageure !

B L A I S E.
Ce n'eft pas l'tout, faut encore cent écus.

B E L L E R O S E.
Allons, Monfieur, les cent écus, vîte.

B R I D I N G.
Ah ! je fuis ruiné...

VENTRE A TERRE, *le couchant en joue.*
Vîte donc.

B R I D I N G.
Ah ! Meffiés ; pardon, les voilà.

B E L L E R O S E.
Votre ferviteur de tout mon cœur, Monfieur, vous voilà libre de partir à préfent ; le plutôt fera le mieux.

B R I D I N G.
Air. *Des Trembleurs.*
Ah ! fatale circonftance,
D'un feftin & d'une danfe.
J'ai fait les frais pour la France,
Ça me pénétre le cœur.

B E L L E R O S E.
Profitez de l'avanture ;
Ne faites plus de gageure :
Vous perdriez, je vous jure,
Vous n'avez pas de bonheur.

LISETTE, *paffant devant lui en riant.*
Adieu, Monfieur Briding, ah, ah, ah.

TONTON, *lui faifant une révérence.*
Monfieur Briding, je fuis votre fervante.

B L A I S E.
Gardez chacun c'que vous avez, ça fervira à aug-menter la dot.

BRIDING, *pleurant.*
Morplé, c'eft traître à l'Angleterre de me jouer un tour comme celui-là. Ventreplé, ma Nation n'eft capable que de faire des fottifes.

B E L L E R O S E.
Eh bien, voilà l'meilleur mot que vous ayez dit.

VENTRE A TERRE.
Etes-vous capable de le foutenir?

BRIDING.

Oui, morplé, je le soutiendrai.

TONTON.

Cette gageure-là lui tient terriblement au cœur.

VENTRE A TERRE.

A cause d'ses bons sentimens, j'vas lui rendre son argent, moi. T'nez, Monsieur Briding.

BRIDING, *surpris.*

Est-il possible ? Mais...

VENTRE A TERRE.

Allons-donc, faut-il vous prier ?

BRIDING.

Ah ! Mossié, que de graces !

BELLEROSE.

Ne nous remerciez pas encore, Monsieur ; je ne veux pas être moins généreux que mon camarade ; & il ne sera pas dit que vous vous en aillez sans canne & sans chapeau chez vous : les voilà.

BRIDING, *restant immobile après les avoir régardés tous deux.*

Ah ! Messiés , votre générosité me touche, me pénétre : non , on ne trouve pas des gens comme vous nulle part ; permettez que j'embrasse vous , vous êtes trop admirables. Allons, Messiés, vive la France.

TONTON.

Aîr. *Nous autre bons villageois.*
L'argent fait un grand effet ,
Et force la reconnoissance.

BRIDING.

D'abord le dépit m'agitoit ,
A présent c'est la bienveillance ;
Pour ma nôce un bal étoit fait ,
Pour la vôtre il sera tout prêt :
Allons ensemble chez moi ,
Et chantons, Vive le Roi.

TOUS.

Oui, chantons , Vive le Roi.   *bis.*

VENTRE A TERRE.

Oui, Monsieur Briding a raison ; savez-vous bin qu'vous m'ravissez, & qu'la conquête d'vot cœur m'fait presque autant d'plaisir que celle d'la Place. Puisqu'vous êtes François, vous rst'rez avec nous. Allons, nos futures d'la joie.

à Lisette.

Air. *Tout en chemin faisant* , de Jerôme & Fanchonnette.
Vous serez ce soir
Madame Ventre à terre.

LISETTE.

C'est le bien que j'espere,

Et je voudrois m'y voir.

BELLEROSE.

Tonton, de Bellerose
Aura bientôt le nom.

TONTON.

Mon amour s'y difpofe.
Le nom de Bellerofe
Me plaît mieux que Tonton.

VENTRE A TERRE.

Nous fommes tous d'accord, n'eft-il pas vrai, beau-
pere ?

BLAISE.

Oui, morgué ; j'n'aurois jamais cru voir la joie fi
complette ; c'eft affaire à vous p ur boute tout en train,

Air. *Des Bateliers de S. Cloud.*

Il faut tous nous mettre en cadance;
Je veux avoir des violons ;
Des p'tits François de vot' façon,
Ça hat'ra la naiffance.

BELLEROSE & VENTRE A TERRE,

Fiez-vous à des bons lurons,
Dont l'alure eft fringante & lefte,
Zifte, zefte
Et zon, zon,
Vous aurez bientôt des r'jettons.

Quand l'arbre eft bon, tant plus y a d'branches, &
mieux c'eft.

Enfuite une Troupe de Grenadiers & de Mahonois
viennent former un Divertiffement.

VAUDEVILLE

VENTRE A TERRE.

Les ennemis fiers & jaloux
Faifoient les méchans loin de nous :
C'eft à l'Anglaife;
Mais nous les laiffons s'approcher,
C'étoit afin d'les mieux r'licher ;
A la Françaife.
Eux qu'ont beaucoup d'raifonnement,
Se font r'culés en nous voyant :
C'eft à l'Anglaife;
Mais nous qu'allons groffierement,
J'les avons ferrés fortement ,
A la Françaife.

BELLEROSE.

Railler avant d'avoir vaincu ;

Jurer quand on eft bien battu ,
        C'eft à l'Anglaife.
La langue ne va que le trot ;
Mais le bras court le grand galop
        A la Françaife.
LISETTE.
Sujets de nouveaux citoyens ,
Laiffons langage, efprit , maintien ;
        Et mode Anglaife :
Si nous défirons être bien ,
Il ne faut jamais faire rien
        Qu'à la Françaife.
BLAISE.
Vous qui maris voulez avoir ,
Tendrons n'allez pas vous pourvoir
        Comme à l'Anglaife :
En ménage quand on fe met ,
Tout fe fait bien, quand on le fait
        A la Françaife.
BELLEROSE.
Belles , ici tout vous manquoit ,
L'amour froidement fe faifoit
        Comme à l'Anglaife :
La gloire a comblé nos fouhaits ,
Pour bien aimer , n'aimés jamais
        Qu'à la Françaife.
BRIDING.
Je pourrois bien étant battit
Pour cache ma honte & dépit
        Rire à l'Anglaife :
Mais j'aime mieux , crainte de pis ,
Triompher en chantant Louis
        A la Françaife.
TONTON, *au public.*
Meffieurs , fi par un vain effort ,
Nous n'avons pas bravé le fort ,
        Comme à l'Anglaife :
Pour augmenter notre tranfport ,
Applaudiffez nous tous d'accord ,
        A la Françaife.

FIN.

On trouve à Avignon, chez les Freres, Bonnet, Imprimeurs, Libraires, vis-à-vis le Puits des Bœufs, un assortiment de Pieces de Théâtre, imprimées dans le même goût.

www.ingramcontent.com/pod-product-compliance
Ingram Content Group UK Ltd.
Pitfield, Milton Keynes, MK11 3LW, UK
UKHW021619130726
13696UKWH00005B/1968